흔들려도   나답게

흔들려도 나답게

완벽하지 않은
날들의 기록

이 한

×

에세이

휴엔스토리

누구에게나 마음이 흔들리던 시기가 있다.
나 역시 '괜찮은 사람이어야 한다'는 생각에
기울어지는 감정을 애써 다잡던 때가 있었다.

그땐 몰랐다.
흔들림이란, 부서지는 것이 아니라
다시 나에게로 돌아오는 과정이라는 것을.

사랑이 끝난 자리에 남는 것은
나를 새로 알아가는 힘이었다.

상실은 끝이 아니라 시작이었고,
아픔이 지나간 일상 속에서
그렇게 나는 조금씩 단단해졌다.
이 책은 그 시간의 기록이다.

누군가를 사랑하고, 놓치고,
다시 살아내며 온기를 되찾아 가는 이야기.

어쩌면 이 글을 읽는 당신도
비슷한 자리에 서 있을지 모른다.
그 마음에게 조용히 건네고 싶다.

흔들려도 괜찮다고.
그 흔들림이, 결국 우리를 살아 있게 한다고.

차
례

2 일상의 회복

: 상실의 끝에서 다시, 평범함을 배워간다

3　다시 나

: 사랑을 지나 나에게로 돌아오는 시간

PART 1

사
랑

처음엔 모든 게
이유보다 마음이
먼저였다

잊혀진
감정이 ———
되살아나다

— 우연히, 뜬금없이, 불현듯이

날 좋은 어느 날,
예상치 못한 장소에서 가끔 떠오르던 반가운 사람을
우연히 마주쳤다.
갑자기 심장이 뛰질 않았다.
왜인지 몰라도 숨이 확, 막혔다.

그 사람이 갑자기 방향을 틀어 내게 인사를 하러 다가오자
한 걸음 내디딜 때마다 심장이 쿵, 뛰었다.

아마도 그 사람은 내가 누른 카메라 셔터 소리에 반응해
뒤돌았던 것 같았다.
그 순간 우리가 눈을 마주쳐서, 서로의 어색함을
짧은 인사로 채우려 했던 거였겠지.

하지만 그런 건 내게 전혀 상관없었다.

막혔던 호흡이 한순간에 풀리며 웃음이 터졌다.

사실 그건 웃음이 아니라, 참았던 숨을 내쉬는 일이었다.

길어야 3분 남짓한 만남이었지만

그 짧은 시간은 긴 여운을 남겼다.

도대체, 그건 뭐였을까.

왜 그 순간 숨이 막혔을까.

사람들이 말하던

사랑에 빠지는 데 3초면 충분하다는 말,

그제야 알 것도 같았다.

그동안 나는 나를 잘 안다고 믿고 있었다.

누군가에게 마음이 생기기까지
시간이 꽤 필요한 사람이라 생각해왔는데
그날의 나는 너무 낯설었다.

어쩌면 좋아하는 감정이 아닐 수도 있다.
다만, 좋아하는 감정이기를 바랬다.
나도 아직 사랑이란 감정을
그런 식으로 느낄 수 있는 사람이었으면,
그랬으면 좋겠다고 생각했다.
아무 이유나 조건 없이, 사람 그 자체에 먼저 반응하는.

생각해 보면

그간 스치듯 몇 번 만났을 때마다

유독 반짝여 보이고,

알고 싶고,

다음날 며칠간 간질간질하게 생각났던 시간이

그것으로 모두 설명되는 것 같기도 했다.

나는 대체 언제부터

그에게 마음이 있었던 걸까?

… 그걸 내가 어떻게 알겠어, 몇 번 본 적도 없었는데.

다만,

이런 생각을 해 보았다.

'이 사람을 경험했던 그간의 시간이
이 사람이 아니고 다른 사람이었다면 어땠을까?'

그래, 다시 떠올려 보아도
우리는 별다른 사건도 없고, 특별한 대화도 없는
그저 평범한 일상에서의 스침뿐이었다.
아마 이 기억의 주인공이 다른 사람이었다면
나는 분명 그 순간들을 머릿속에서
희미하게 흘려보냈겠지.
마음은 가는데 좋아할 이유가 없어서,
그 명분을 찾고 싶어서,
그 사람이 왠지 신경 쓰였나 보다.

뉴스를 보다가 문득,
친구의 이야기를 듣다가도 문득,
잊을 만하면 그 사람과 연관된 기억이
일상에서 종종 튀어나왔었다.
어쩌면 그게 모두 자연스러운 마음이었던 게 아닐까.

그렇게 생각하니
아무래도 난,
처음부터였던 것 같다.

왜 하필 그날 심장이 뛰었을까 다시 생각하니,
그건
처음으로 그 사람이 내게 성큼 다가와서였나 보다.

그 사람이 좋은 사람이었으면 좋겠다.
오랜만에 어떤 남자가 궁금해졌다.
앞으로의 관계가 어찌 되든 상관없이 그저 고마운
마음이 들었다.

언제부턴가 서서히 잊어버린 줄 알았던,
나이가 들어가면서 기대하면 안 될 것 같았던,
귀한 마음을 다시금 깨워준 사람,
그 사람.

그 사람인 게

그게 그저,

고마웠다.

내 안에 있는 소녀스러움이 사랑스럽게 느껴지는
어느 늦은 여름이었다.

그럼에도 불구하고,
한동안 흘러가는 대로 놓아두었다.
찰나의 바람처럼 사라질 감정일 수 있으니.
이제는 날이 제법 쌀쌀해졌는데
깊은 잠에 빠져 있던 어떤 세포가 온전히 깨어난 듯한
기분 좋은 설렘의 기억이 여전하다.
어쩌면, 이렇게 살랑거리는 마음이라면
꼭 이 사람이 아니더라도
새로운 사랑을 시작할 수 있지 않을까 하는 생각도
살포시 들었다.

하지만 아무래도
한 번 더 보고 싶은 사람이 있다.

딱 한 번-.
한 번만 더 보면 내 마음을 확실히 알 수 있을 거 같다.
더 늦기 전에 내 마음을 확인하러 다시 한번
그곳에 가봐야겠다.

너무 빠르지도, 너무 느리지도 않게.
차분하게.

온도를 훔치다

그날은,
내 눈빛이 먼저 벗었다

세상은 멀어지고 공기만이 남았는데
그마저 온통 네 냄새였다

말 대신 숨을 고르며
너를 눈 안에 꾸욱 눌러 담았다

누가 먼저였을까
다만,
온도가 달라졌다는 것만이

시간조차, 천천히 녹아내렸다.

2

와인잔에
— 비친
불빛 —

가끔은
혼자 마시는 술이 더 솔직하다.

밤이 늦었는데도, 괜히 와인을 따르고 싶었다.
술이 좋아서라기보다
잔에 비친 불빛이 마음에 들어서.

붉은 액체를 통과한 빛이
테이블 위에 루비빛 그림자를 드리울 때,
그건 하나의
작은 스테인드글라스가 되었다.

혼자 마셔도 괜찮았다.
오히려 그 고요함이
잔 안에서 반짝였다.

맞아, 나는 원래
이 분위기를 좋아했었다.

조용하고 차분한 새벽의 소리,
한 톤 높아진 맑은 공기.
그 안에서의 낯선 한 모금—
하루를 마무리하기에 딱 좋은 무드.

그리고 어김없이
생각지 못한 순간에
문득 떠오르는 누군가까지도.

요즘은 라면도 어려워서

한 연애 유튜버가 그런 말을 했다.
"라면 먹고 갈래요?"는 이제 좀 식상하다고.
요즘 연애 고수들은 이렇게 말한단다.

"우리 집 고양이 보러 갈래요?"

심지어 이성에게 어필하려고
고양이를 키우기 시작한 사람도 있다더라.
그렇게 말하면
귀엽고, 덜 노골적이면서도
도도한 이미지가 따라온다고.

근데 문제는,
나는 부모님이랑 살아서
라면은커녕, 우동도 안 돼요.

세젤귀 장군이도 있지만 밖에서만 가능해.
혼자 살 땐 자기계발에 꽂혀서
이런 거 저런 것도 못 했지, 뭐야, 쳇.

그래서 아쉬운 대로
라면 먹고 갈래요? 대신 이렇게 묻는다.

"그럼, 내일 커피 한 잔 어때요?"

그게,
조금 더 길게-
조금 더 천천히
좋아하고 싶다는 말일지도.

3

보는

―― 눈이

생긴다는 것

부동산 임장을 다녔다.

한 달 동안 스무 채가 넘는 집을 봤다.

묘하게도, 그 집에 들어가자마자 알겠더라.

'여기다!'-.

마음이 먼저 결정을 내리고 있었다.

그다음 30분은,

그 선택이 틀리지 않았는지를

머리로 한 번 더 확인했을 뿐이었다.

결국, 그곳으로 이사 가기로 했다.

빠른 결정이었다고?
그럴 수도 있다. 하지만 그다지 이상할 건 아니었다.

그동안 많은 매물을 둘러보며
무엇이 나를 편안하게 만드는지,
내가 가치를 두는 것이 무엇인지
조금씩 알게 되었으니까.

다시 말해,
보는 눈과 판단력이 생긴 거다.

사람 간의 인연도 마찬가지라는 생각이 들었다.

어릴 때는 상대의 과거가 궁금했고,
알게 되면 괜히 질투도 났었다.
지금의 여자 친구는 나인데도 말이다.

하지만 생각해 보면,

그의 전 여자 친구가 존재했기에
그 경험을 통해
지금의 내가 반할만한 남자로 다듬어지고 만들어진 거다.

몇 년 전, 당시 만나던 남자 친구에게 이런 말을 했다.
"난 오빠의 리즈 시절이 궁금해. 지금도 이렇게 멋진데,
그땐 얼마나 더 멋졌을까?"

그러자 그는 웃으며 말했다.
"아마 그때는 네가 나를 좋아하지 않았을걸? 외모는 훨씬 낫
겠지만, 그땐 내가 너무…."

그렇다. 어쩌면.
그 시절 그 사람이었다면,
나는 그에게 반하지 않았을지도 모른다.

사람은 사람을 만나며
자신을 알고,
성장하고,
깨닫는다.

좋은 방향으로 변할 수도 있고,
때로는 아픈 경험을 통해
나쁜 방향으로 변할 수도 있겠지만.

그래서 나는,
내가 좋아하는 현재의 그를 만든
모든 경험을 존중한다.
부모님, 친구들, 그리고 그의 전 여자 친구까지도.

그가 겪어온 모든 사람과 시간이
결국 이 사람을
이 자리의 나에게까지 데려온 거니까.

오늘 집을 보러 다니다가
문득 그런 생각이 들었다.
세상 돌아가는 이치는
어쩌면 다 비슷하다는 것을.

어쨌든 또다시 새출발이다.
초여름 이슬비를 맞으며 예비 집 앞 공원을 걸으니
기분이 좋다.

4

두 ——
    마리의
—— 이름

며칠 전, 카페에서 책을 읽고 있는데
옆 테이블에서 들려온 대화가 귀를 사로잡았다.

"동물 두 마리를 키워.
한 마리는 나, 한 마리는 너.
서로 이름을 붙여주고 같이 돌봐.
그러면 쉽게 못 헤어진다?"

그들은 이유를 덧붙였다.
헤어지면 '그 이름'으로 불리던 동물을 버려야 할까 봐,
혹은 입양을 보내 두 아이를 생이별 시킬까 봐,
그 무게가 서로를 쉽게 돌아서지 못하게
만든다는 거였다.

귀여운 추억, 공동 책임감,
그리고 동물이 주는 무해한 사랑스러움까지—
모두가 이별을 망설이게 만드는 장치가 된다고 했다.

정말 그럴 것 같았다.
저런 장치는 헤어져도 다시 연락할 명분을 주고,
재회의 감정도 쉽게 끌어올릴 수 있게 할 것만 같았다.
마치 한 권의 비밀스러운 연애 지침서 같다고나 할까.

그 얘기를 듣는데, 심장이 묘하게 내려앉았다.
왜냐고?
그 마음이 얼마나 오래 남는지
나는 이미 알고 있었으니까.

몇 년 전, 소개팅에서 만난 한 남자가 있었다.
두세 번 만났을 때 즈음
그가 이렇게 말했다.

"강아지 한 마리 더 키우는 게 어때요?
힘들면 제가 도와줄게요. 같이 키워요, 우리."

이해되지 않는 권유였다.
난 장군이 하나로도 이미 행복한데 그가 내 반려동물에
왜 관여하는지 어리둥절했고,
혹시 만나자마자 동거를 제안하는 건가 싶어 경계심이
일었다.

알고 보니 그는 예전 여자 친구와
고양이 두 마리를 함께 키운 적이 있었다.
원래 한 마리를 키우던 여자 친구와 함께
새로운 고양이를 입양해 '공동육아'를 했다는 거였다.

여자 친구가 그와 오래, 깊게 만나고 싶다며 설득했다고 했다.

그 경험은 꽤 특별했는지,

그는 그 결속감을 잊지 못한다고 했다.

싸우고 헤어질 뻔한 순간마다 그 아이들이

둘을 다시 이어줬고,

결국 여러 번 재회하게 되었다고 했다.

그의 말에서 묘한 향수가 묻어났다.

나는 그 순간, 그 사람보다

오히려 그 방식을 제안했던 '옛 연인'에게

생각이 머물렀다.

그녀는 대체 몇 번을, 몇 사람을,

그 방식으로 붙잡아 두었을까?

그땐 단순히 안 맞는 연애관이라고 여겼다.

하지만 며칠 전 카페에서 듣게 된 이야기를 통해

그게 단순한 취향이 아니라

철저히 계산된 '끈'일 수도 있다는 걸 알게 되었다.

사람은 저마다 사랑을 붙잡는 방식이 있다.

누군가는 노력으로, 누군가는 우연으로,

또 누군가는 이런저런 장치를 통해서.

때로는 사랑보다 강한 것이

함께 지켜야 하는 이름일 수 있다.

그 무게감을 '사랑'이란 이름으로 감싸는 건

어쩌면 서로를 묶어두는 또 다른 방식일지도 모른다.

하지만 그 방식이

정말 마음을 지켜주는 건지,

아니면 단지 관계를 묶어두는 건지―

그 답은 결국,

각자의 마음만이 알고 있을 것이다.

개복치

네 닫힌 문 앞에 기약도 없이 서성거리자
머무는 내 그림자가 문득 궁금했던 걸까,
너는 싸리문을 빼꼼 열어 주었다

그 틈에 손을 턱 걸치고,
와라락 드르륵 활짝 열어버리니
물속 개복치 마냥 휙까닥 도망간다

내 생에 스쳐 간 개복치들이 꽤 된다

。
時

김복치 강복치 권복치 그리고 또,
그런 세상의 복치들은 미어캣처럼 말미잘처럼
귀엽지만 만질 수 없는 무엇이었다

그 수가 이리도 많은 걸 보면
그저 내가 망둥어였나,
연애의 시작이 어려운 나는
노란색 불이 나간
고장 난 명확한 신호등이었는지도.

5

너무 세게 쥐면

부서지는 것들

사랑이란,
꼭 붙잡는 것만을 의미하지 않는다.

오히려 사랑은
상대가 자신답게 숨 쉴 수 있도록
조용히 옆을 지켜주는 일일지도 모른다.

억지로 손을 끌어당기는 것이 아니라
스스로 다가오고 싶게 만드는 것.

필요 이상의 배려는
때로는 상대를 무겁게 하고,
필요 이상의 기대는
때로는 상대를 옥죄게 한다는 걸—
우리는 늘 늦게 깨닫는다.

사랑은 꽃다발을 쥐는 일과 닮아있다.
한 움큼의 꽃을
상하지 않을 정도로만 쥐고 있어야 한다.
너무 세게 움켜쥐면
줄기는 터지고, 꽃은 망가진다.

사랑도 그렇다.

너무 세게 쥐려고 하면

가장 소중했던 것들부터 부서지고 만다.

그래서 어쩌면,

사랑을 오래 곁에 두려면

먼저 '마음을 다루는 법'을 배워야 할지도 모른다.

사람을 대하는 일,
상황에 대처하는 일,
심지어 자기 자신을 다루는 일까지—
결국은 적당한 힘의 영역 안에 있다.

너무 밀어붙이면 관계는 깨지고
너무 늦추면 온기가 식는다.
적당히 쥘 수 있다는 건 결국
상대의 숨결을 인정한다는 뜻이다.

조금은 부드럽고
끝에는 마음의 온도가 남는 그런 힘—,
그 힘으로 누군가를 다정히 잡아주고
포근히 안아 줄 수 있다면
세상은 조금 더 덜 부서질지도 모른다.

사랑은 구속이 아니다.
사랑은 자유 위에 쌓이는 것이다.
그리고 서로의 자유를 존중할 때
비로소 '함께 있음'의 의미를,
그 소중함을 알게 된다.

손이 닿는 곳마다 나를 위한 여백이
마련되어 있지는 않을 것이다.
그래서 우리는 조금 더 나은 관계를 바라는 마음에
나만의 간격을 배우고,
삶의 '틈'을 만들어 가며 살아간다.

꽃을 두 손에 쥐기 전에
공기가 오갈 수 있는 여유를 손금 사이에 묻어두는 것-
그건, 사랑의 시작일지도 모른다.

그 적당한 힘을 배우기 위해
우리는 오랜 시간 학교에 다니고,
친구와 어울리고,
다양한 사람들과 얕고 깊은 관계를 겪어온 것일지도.

몇십 년을 살아도 여전히 어려운 그 온도,
그래서 더 애쓰게 되는 내 온도.
소중할수록 멋대로 삐져나오는 내 안의 속도 속에서
나는 당신을 아낀다.

6

── 그 감정의 끝이

　이별인지 ───

　　다시 사랑인지,

나는 알 수 없지만

●

머무르는 마음

집 근처 고즈넉한 오래된 카페에 혼자 앉아 있는데
옆자리에서 낮은 목소리로 다투는 소리가 들려왔다.

여자는 서운함을 토로했고, 남자는 한숨을 쉬었다.

"내가 더 어떻게 해야 해?"

남자의 목소리는 지쳐있었고
여자는 뭔가를 더 말하려다가 입을 다물었다.

한동안 정적이 흐르다가 여자가 운을 뗐다.

"사랑해. 그래서 더 외롭고 가끔 화도 나는 것 같아.
근데 이젠 좀 지친다. 그래도 우리, 다시 잘해보자."

"…사랑하는데도 힘든 게 정상일까?"

남자의 말을 듣는 순간,
내 안에서는 **'사랑은 버티는 게 아니라 머무르고 싶은
마음이어야 하는데'**
라는 대답이 속에서 멋대로 나왔다.
나도 모르게 불쑥 튀어나온 문장이었다.

다시 생각해 봐도 그렇다.

내가 여태껏 지켜본 '사랑'들은 애쓴다고

유지되는 것이 아니었다.

그것은 누군가에게 자연스럽게 머무르고 싶은 감정이었고,

억지로 붙잡고 있는 것들은 결국 손에서 미끄러졌던 것 같다.

연인이 자주 다투다 보면

초반에는 첫 마음을 하나로 버텨본다.

관계를 잇기 위해 애쓰고,

스스로를 달래면서 참아도 본다.

하지만 그들을 지치게 한 것은 사랑이 아니라

'관계'였음을 어느 한쪽이라도 알아채는 순간,

지금 이 관계가 '현재의 우리'에게 맞는지 다시

생각하게 된다.

나는 이내 곧 정신을 차리고 읽던 책에 집중하려 했지만,
글자들이 더는 머리에 들어가질 않았다.
그 남자의 질문에 내가 속으로 대답한 순간,
온몸의 신경세포들이 이미 그쪽 테이블로 옮겨 앉았나 보다.

'텄네, 텄어. 이럴 땐 어쩔 수 없다. 깔끔하게 접어야지.'

… 책을 덮었다.
마침 내겐 노트북이 있었고
곧바로 전원을 켰다.

오랜만에 실시간으로 올리는, 날 것 그대로의 글이다.

●
편안함이 없는 관계

가끔 그런 관계가 있다.
서로 좋아하는 마음은 분명한데,
이상하게도 점점 지치는 관계.

처음에는 모든 게 즐겁고 함께하는 시간이 설레었는데,
어느 순간부터는 작은 말다툼이 잦아지고,
서운함이 쌓이고,
화해해도 개운하지 않은 마음이 남아버린다.

관계가 무너지는 순간은 거창한 사건이 아니라
사소한 균열에서 시작된다.
처음엔 아무렇지 않던 말투 하나, 표정 하나가
어느 날부터 신경 쓰이기 시작하고,
같이 있어도 혼자인 듯한 기분이 든다.

사실 그때의 외로움이 진짜 외로움이다.

    혼자일 때의 외로움을 들여다보면
    거기엔 자유로움에서 오는 좋은 감정도
    함께 공존하지만,
    누군가와 같이 있으면서도 혼자인 듯한,
    겉도는 감정에서 비롯되는 외로움은
    훨씬 더 춥고 시리다.

어떤 연인들은 관계를 쉽게 내려놓지 못한다.
사랑해서가 아니라, 익숙해서.
동행하고 싶어서가 아니라, 혼자가 되는 게 두려워서.

하지만 익숙함은 사랑을 대신할 수 없다.
그걸 알면서도 사람들은
쉽게 인정하지 못한다.

함께한 시간만큼 이미 '정'은 쌓였고,
서로의 '익숙함'은 때론 '편안함'과 동일한 감정으로 인식되어
그것을 '안정기의 사랑'이라고 오해하기 때문일지도 모른다.

하지만 사실 '익숙함'과 '편안함'은 아예 다른 감정이다.

사랑하는 데도 마음이 고달프다면,
그건 편안함이없는 관계가 아닐까.
그게 반복되면, 결국 사랑이 아니라
지친 마음만 남을 테니까.

●

놓지 못하는 이유

때로는 관계보다 '시간'을 놓지 못해서 인연이
이어지기도 한다.

상대와 같이 있는 게 이제는 행복하지 않다는 걸 알면서도
그저 그동안 많은 계절을 함께 보내왔다는 이유로,
혹은 서로가 없는 일상을 상상할 수 없어서.

내가 아는 사람도 그런 고민을 한 적이 있다.
좋아하는 감정이 점점 흐려지는데도 쉽게 이별을
선택할 수 없었다.
그 사람과 함께한 추억이 너무 많은데
그 시간을 어떻게 버리냐고,
그 시절의 내 인생을 도려내는 것 같다고.

그 친구가 내게 원했던 것은

'절대적인 공감과 위로'라는 걸 알았기에
나는 친구의 마음을 보듬고 같이 아파해 주었지만,
사실 그때의 나는 이 말을 해주고 싶었다.
'관계는 시간이 아니라 감정으로 이어지는 거'라고.

사람 마음은 늘 같은 자리에 머무는 게 아니라서
더는 예전처럼 웃을 수 없는 순간도 온다.
아무리 생각해도 앞으로도 계속 그럴 것 같다면,
그때는 용기를 갖고 인정해야 할 때인지도 모른다.

진심을 담은 말에는 타이밍도 중요하다.
사랑을 건넬 때도,
사랑을 손에서 내려놓을 때도,
사랑에 관한 위로를 할 때도,
사랑을 위한 조언을 할 때도.

그때 그 친구는 마음이 다 닳아있어서
위로가 닿을 자리가 없었다.

사람은 내적인 성숙함이 무르익을수록
자기감정의 원형과 그 깊이를 제대로 가늠하는 힘이 생긴다.
관계의 끝을 받아들일 수 있는 용기와
가슴이 아려도 그 아픔을 견딜 수 있을 거라는 자기 자신에
대한 믿음도.

그래서 어른들이 그런 말을 하나 보다.
많이 경험하고, 다양한 사람을 만나보라고.

하지만 막상 자기 일 앞에서는
이성보다 감정이 먼저 흔들리고,
이별은 언제나 익숙해지지 않는다.
그래서 사랑의 끝은
늘 아프다.

오늘은 그저
나를 스치는 한 커플을 보면서 추상적인 무언가가
막연히 떠올라서
그것들이 곧 증발하기 전에
문장으로 엮어서라도 잡아 두고 싶은
그런 날이었다.

7

괜찮은 사람인데,
— 자꾸 마음이
무거워진다면 —

오랜만에 연애 상담을 했다.
좋아하는 사람의 애달픈 마음은
경청하는 내 마음까지 묵직하고 저릿하게 만든다.

친구의 이야기를 듣고 집으로 돌아오는 어둑한 밤길에서
이런 생각이 들었다.

●

사랑이 아닌, '증명'

어떤 관계는 '사랑'이라기보다
'내가 괜찮은 사람이라는 걸 증명하려는 시도'에 더
가까울 때가 있다.

나만 참으면,
나만 더 잘하면-
이 관계는 어떻게든 될 거라고 믿는다.

하지만 그런 마음으로 이어가는 관계에서
결국 남는 건,
'왜 나는 이토록 애썼는데도 늘 부족하게 느껴지는 거지?'
하는 자기 의심뿐이다.

어떤 이들은
관계의 방향점을 자신에게만 둔 채로
'우리'에 대해 고민한다.

연인은 함께 관계를 만들어 가는 존재라는 것을,
자신의 이미지를 지켜내기 위해서 상대방에게
'도리'만 다하는 사람도 있다는 것을,
예쁜 만남을 이어가기 위해서는 물론 내가 먼저 좋은
사람이 되어야 하겠지만
그 마음을 받아줄 만한 그릇이
상대방에게도 있어야 한다는 것을-

알았어야 했다.

우리는 늘,
아프고 난 후에야
반 박자 느리게 알아차린다.

●
감정의 기회비용에 대하여

우리는 감정을 내놓을 때조차 계산하는 시대에 살고 있다.
사랑을 할 때에도 마찬가지다.

'조건을 보다', '재다', '마음을 떠보다'–
이런 말들은 사랑을 시작할 때 자주 등장하지만,
사실은 사랑의 끝자락에 이르면 더 또렷하게 드러난다.
이미 사랑이 기울고 있다는 걸 알면서도
쉽게 손을 놓지 못하는 사람들,
그들이 붙잡고 있는 건 정말 '그 사람'일까?

어쩌면 그들 손에 쥐고 있는 것은 '사람'이 아니라,
시간과 돈, 그리고 그 안에 녹아든 낡은 정성일지도
모른다.

그동안 공들인 애정과 애씀,

그 모든 날들이

아무 일도 아니게 되는 게 두려워서-

그 허무함이 무서워서-

관계를 쉽사리 놓질 못하는 거다.

어쩌면 그건 사랑이 아니라,

'감정의 비용'을 회수하려는 마음일지도 모른다.

사랑하던 그 시절에 나눈 모든 것은

분명히 그 자체로 사랑이었을 것이다.

시간, 돈, 마음-

그와 함께했던 순간이 행복했다면

그때 썼던 나의 것들은

그저 그 추억 속에 묻어두면 된다.

한때 진심으로 사랑했던 내 감정에 대한 존중과
앞으로 만나게 될 누군가를 위한 여백을 지금부터
만들어 놓는다는 마음으로.

그리고 그것은
지난 시절 내가 사랑했던 사람에게 마지막으로 전하는,
가장 정중한 예의이자 품격 있는 태도이다.

나는 가끔 그런 생각을 해 본다.

사랑은 무언가를 얻기 위해 마음을 나누는 것이
아니라,
기꺼이 내어주고 싶은 마음에서 시작되는
감정이라고.

계산이 되지 않아도

손익을 따지지 않아도-

그 사람이 조금 더 편안해질 수 있다면

나도 모르게 마음이 놓이는 것.

그리고 그 순간

내가 행복해짐을 느끼는 것.

그 사람의 평온이

내 삶을 더 충만하게 만들어 준다는 확신.

사랑을 줄 수 있는 존재가 내 주변에 있다는

사실만으로도

고마워지는 마음.

그건 어떤 이유도, 어떤 이득도 필요 없는 감정이다.
나는 그 감정을 '사랑'이라고 부르고 싶다.

그리고 언젠가
그 순도를 끝까지 지켜낸 사람만이
진짜 사랑을 해 본 사람이라고
말할 수 있을 것이다.

8

— 식어가는
마음은 ———
언제부터였을까

연애를 하다 보면
문득 모든 게 귀찮아질 때가 있다.

그 사람의 말투가,
그 사람의 행동이,
아무 이유 없이 신경 거슬릴 때가 있다.

그럴 때면 종종 생각하게 된다.
'사랑이 식은 걸까?'
'이제 끝이 다가온 걸까?'

하지만 꼭 그런 건 아니다.

일상에 치이고

내 마음에 여유가 없을 때,

누군가에게 사랑을 표현하는 것조차 버겁게 느껴질 수 있다.

그 사람을 싫어해서가 아니라

내 하루를 감당하기도 벅차서,

내 마음을 돌볼 힘조차 없는 것뿐일 때가 있다.

그래서 조금 쉬고 나면,

익숙한 눈빛과 목소리가

다시 따뜻하게 느껴지기도 한다.

그 감정을 우리는 '권태기'라 부른다.

주변 상황이 나를 지치게 한 것뿐,
사랑은 여전히 거기에 있다.

하지만,
만약 주변은 그대로인데
그 사람이 내 곁에 있는 게 버겁고,
그 사람을 보는 거 자체가 무겁게 느껴진다면,
아무 일 없어도 함께 있는 시간이 갑갑하게 느껴진다면-

그건 그 사람을 사랑하고 있는 나 자신이
점점 지쳐가고 있는 걸지도 모른다.

그 감정은 권태기가 아니라,
'마음이 조용히 떠나가고 있는 신호'다.
때로는 미워하고 싫어하는 감정까지는 아니더라도
머무르고 싶다는 마음이 희미해질 수도 있으니까.

어쩌면 누군가는
사랑의 끝을 권태라 착각하고,
어쩌면 누군가는
이미 끝난 마음을
아직 사랑이라 믿으며
버티고 있는지도 모른다.

9

많이
슬펐어 ——

조용히 좋아했었다.
무언가를 얻으려는 마음은 아니었다.
그저 한순간의 스침만으로 나 자신을 더 사랑하게 만든 사
람이라 신경 쓰였고,
곱씹으니 고마웠고,
시간이 한참 흘러 감정을 알았다.

내 마음을 알아주면 좋겠다는 바람은 있었지만
처음부터 엇나간 타이밍이었다.
그쪽으로 걷는 길이 그가 원했던 방향이므로
어쨌든 당신이 행복하면 되었다.
그냥 그렇게 생각했다.

바랐던 건
내 마음이 그 사람 안에서
기분 좋은 감정 하나쯤으로 남는 일이었다.

그 사람이
잠깐이라도 우쭐했으면 좋겠다고 생각했다.

내가 그 사람을 좋아한다는 사실이
자존감을 아주 살짝 올려준다거나,
그 사람에게 좋은 기분이 되면 좋겠다고,
그런 따뜻함이 되면 좋겠다고
정말 진심으로 그렇게 바랐다.

그게 내가 가진 전부였다.
사랑이란 이름을 붙이기도 전에
나는 이미 다 건넨 마음이었다.

그러다 소개팅 이야기를 들었다.

그 순간 알게 됐다.
내 마음은
그 사람에게 아무 감정도 남기지 않았다는 걸.

좋아함도,
망설임도,
심지어 거절할 필요조차 없는,
그저
처음부터 없는 마음이었다는 걸.

그렇게 그날 그는
아무것도 몰랐던 것처럼 다가와서
모르는 척 사라졌다.

그게 아프진 않았다.
단지 허무했다.
그동안의 마음이
닿은 적 없이 지나간 거라는 걸 알아버렸을 때,

그 허무함이
생각보다 많이, 오래 슬펐다.

차라리 무응답은
내 감정에 대한 대답인 것을.
차라리 거절은
하나의 응답일 것을.

'소개팅하실래요?'라는 단 한마디 문장으로,
여태껏 그 어떤 감정도 못 느꼈음을,
그렇게 알려주고는 사라져 버렸다.

… 사실 많이 슬펐어.
그 사람이 몰랐다는 게,
그리고 나는 끝까지 그걸 알게 된 쪽이었다는 게,
참. 많이도 슬펐어.

10

감정의

메모

누군가를 일방적으로 마음에 담는 감정에도
'진짜 사랑'이라는 이름을 붙일 수 있을까.

그게 정말 사랑이었는지는 잘 모르겠다.
하지만, 적어도 나는 나대로 진심이었다.
애쓰던 순간들, 무너진 기대, 혼자만의 설렘까지도.

지금 돌이켜보면
그 모든 건 결국 '나'의 일부였던 것 같다.
누군가를 좋아하던 마음이 아니라,
그 마음을 품고 있던 나 자신이
참 애틋하고, 참 기특하다.

나는 그 시절의 나를 아낀다.
미련하게 애쓴 마음까지도.
이제는 그 기억마저,
괜찮은 페이지로 넘겨둔다.

두 글자 사이

밤이 와인잔 속에서
천천히 녹았다
마시지 못한 말들이
잔 끝에 남아 있었다

너를 생각하며
오늘도 글자를 접었다
그 시간은
좀처럼 부서지지 않는 달빛이었다

'좋아한다'는 문장을
끝내 다 쓰지 못해
'좋다'로 줄여버렸다

두 글자 사이에는
우주가 있었다

。
時

'좋'과 '다' 사이로
심장이 드나들었고,
그 안에서 수많은 내가
빛나다 사라졌다

그때 내가 먼저 손을 잡았다면
우리는 지금 어떤 별에 있을까
서로 다른 시간의 창가에서
같은 노래를 흘려보내며
모른 척, 같은 바람을 마셨을까

한참을 행복하고
조금은 아픈 나를 바라보다가
나는 문득,
글자를 덮었다

그 안엔

너도

사랑도

아직 말하지 못한 나도

있었다.

#11

정리 또한
— 어느 날,
갑자기
시작된다 ——

그날은, 화요일이었다.
괜히 생각나서 톡을 보냈다.
생각이야 늘 있었으니, 그냥 용기가 났던 걸지도.

몇 줄의 안부,
짧은 인사.

그건 뭐랄까.
붙잡기 위함도 아니고,
기억을 되살리려는 의도도 아니었다.
그저 마음이 마지막으로 한번
조용히 흔들리고 싶었던 것 같다.

며칠이 흘렀을까.

어딘가로부터 그는 여전히 잘 지내고 있다는 소식을

알 수 있었다.

누구도 내게 직접 말하진 않았지만

그의 시간이 나와는 무관하게 흘러가고 있다는 걸

아주 선명하게 느낄 수 있었다.

그걸 알아차린 순간,

이상하게도 마음이 가라앉았다.

질투도 아니고, 실망도 아닌,

그저

'이제 진짜 끝이구나'

하는 문장이

마음 한가운데 또르르 굴러다녔다.

그리고 나도,

그때부터 돌아오기 시작했다.

그의 잔향을 길게 붙잡지 않기로 했고
이름 없는 무게를 조용히 내려놓기로 했다.
이젠 나를 다시 나답게
살아내야겠다는 용기가 생겼다.

그러니까,
돌아온 건 나였다.

그는 여전히 어딘가를 걷고 있었고
나는 조용히 마음을 떠나보내고 있었다.

무제

할인마트 계산대 앞에서
유통기한을 다시 확인하는 내 마음은
누군가의 사랑을 닮았다

여름의 문장

사랑이 끝났는데,
몸은 아직 문장 안에 남아 있었다

마침표를 찍었는데
너의 숨이 여전히 문장 밖에서 들렸다

나는 단정했지만
단정한 문장 위에서 흔들렸다

너도 그 위를 사방팔방 뛰어다니다가
툭 - 세로선을 긋고 도망갔다

그때의 너는,
내 삶의 문장에 남은 마지막 느낌표였다
지우지 못해 남겨둔
강렬한 여름의 향기였다.

12

안개의 ─── 온도

안개는 세상의 윤곽을 감춘다.
그러나 그 흐릿함 속에서도
빛은 여전히 제 길을 찾아든다.

　돌아보면, 가끔은 흐릿한 순간이
　더 많은 걸 보여줄 때가 있다.

우리는 종종 '선명함'을 진실이라 믿지만,
모호한 순간, 확신이 없는 시간 속에서
진짜 중요한 게 보일 때가 있다.

흐릿함은 우리를 멈추게 하고,
사유를 머물게 한다.
그래서 흐릿함은 때로는 가장 선명하다.

그 틈에서 우리는
평소 지나쳤던 감정과 진심을
조용히 마주하게 된다.

— 사랑은
다시 ——
시작될 수
　　있다는 것을

생각해 보면 무척이나 이상한 일이었다.
몇 번 보지도 않은 사람을 그리워하다가
혼자 사랑에 빠져 있다는 게.

그 감정이 어떤 건지도 모른 채
마음은 이미 깊어져 있었다.
한 번 젖은 감성은 좀처럼 마르지 않았다.
세상은 평소보다 아름답게 보였고, 일상 곳곳에서
감수성이 차올랐으며,
내 주변 사람들에게 다정해졌다.

그러다 어느 날부터
마음이 아프기 시작했다.
그 생각은 멈추지 않았고,
무엇을 해도 한 곳에 걸린 채
좀처럼 넘어가지 않았다.

놓아야 한다는 생각과 놓을 수 없을 것 같다는
미련 사이에서
오래 맴돌았고,
그러다 결국엔
더는 지칠 것도 없는 지점에 다다랐다.

그제야
그 감정을 처음부터 다시 들여다볼 수 있었다.

'그 사람을 왜 좋아했던 걸까?'
오랫동안 품어온 질문이었지만
문득 깨달았다.

애초에 질문이 잘못된 거였다.

나는 그 사람을 좋아한 게 아니었다.
그 사람을 바라볼 때의 '내 감정'을 사랑했던 거였다.
그때의 내가,
마음을 허락하던 내가,
그런 내 모습이 소중해서 그날의 감정을 붙들고
있었던 것이었다.

차마 놓을 수 없었던 이유는 단 하나였다.
그 사람 앞에서는
계산할 수 없었다는 것.
마음이, 아주 순수하게 먼저 반응했다는 것.

그게 너무나 귀했다.

희귀하고, 낯설고, 그래서 차마 외면할 수 없었다.

오랜 시간 공들여 사랑했던 기억들도

그렇게 시작되진 않았으니까.

다시 생각해 보아도

그 사람은 그냥 '최초'였을 뿐이다.

희소성, 신박함, 익숙하지 않은 감정의 출처.

그 사람 덕분에 알게 되었다.

나도 느낌만으로 사랑할 수 있는 사람이란 걸.

그 감정을 느낄 수 있는 감각이

내 안에 살아 있다는 걸.

그러니 이제는,

그 감정으로 누군가를 다시 만나면 된다.

그 사람이 아니어도
처음의 문을 열어 본 기억이 내 안에 남았으니까.
어쩌면 예상치 못한 타이밍에 겪게 된 첫 경험이란,
나를 휘젓고, 각성시키고,
내 안의 감정 능력을 일깨우는 사건인지도 모른다.

그는 내게 어떤 감정을 가르쳐준 사람이었다.
그걸로 충분하다.

이제 나는
나를 아프게 하는 사람을 기다리지 않고
온전히 좋기만 한 감정으로 누군가를 마주하고 싶다.

그 생각에 이르기까지 참 오래 걸렸다.
하지만 이제는 안다.

사랑은, 다시 시작될 수 있다는 것을.

어쩌면 조만간

내 인생의 새로운 챕터가 열릴 것 같았다.

솔직히 말하면, 그건-

확신이었다.

14

— 나를
　　흔들지 못한
　── 어떤 연애

어떤 이별은
홀가분하지도, 미련스럽지도 않았다.
그저 무풍지대 같았다.

연애라고 하기엔 얕고,
썸이라 하기엔 묘하게 진지했다.

만나면 웃기고 즐겁긴 했지만
내 안에서는 아무런 파동이 일어나지 않았다.
그 사람의 세계는 반짝이는 것들로 가득했지만,
나는 거기에 초대받지도, 굳이 들어가고 싶지도 않았다.

그래서였을까.

끝나는 순간조차 감정이 움직이지 않았다.
아쉬움도, 해방감도 없었다.
그저 -
나를 흔들지 못한 사람이었을 뿐.

끝맺음조차 성숙하지 못한 모습을 보며
잠깐 스쳤던 시간마저 아깝다고 생각했다.

그 경험이 남긴 건 단순했다.

좋든 나쁘든, 사랑에는 심장을 울릴 파동이
있어야 한다는 것.
연애는 결국 서로의 세계를 흔들 용기에서
시작된다는 것.

나는 이제 무풍지대가 아니라
바람이 되는 사람을 만나야겠다.
어쩌면,
원래 내가 바람 그 자체였는지도 모를 일이지.

15

사탕 같던 시절,

― 에스프레소가 된
지금 ―――――

가끔은 내가 어떻게 변해왔는지가 궁금해진다.
유독 한가했던 어느 주말,
나는 포근한 침대 위에서 종일 꼼지락거리다가 문득
장롱 속 구석에 보관해 둔 과거의 기록들이 보고 싶었다.

오랜만에 예전의 글을 뒤적거렸다.

10년 전 사랑에 빠졌던 내가 남긴 기록과
지금의 내가 쓴 문장.

달콤하기만 했던 그때와

쓴맛까지 알게 된 지금.

두 얼굴의 사랑이 나란히 놓이면

시간이 얼마나 많은 걸 바꿔놓았는지 선명하게 보인다.

날이 너무 눈부셔서
나는 당신이 남긴 그늘로 걸었다.
시원했다.
언제나 아름다워서 당신의 위를 걸었다.

햇살은 오늘도 설탕처럼 부서지고
바람은 귓가에서 사부작사부작,
어디서든 당신의 위를 걷고 있었다.

사랑에 빠진 마음은
사탕처럼 녹아내리는 게 아니었다.

오히려 샷 추가한 에스프레소 같았다.
밤을 빼앗기면서도
자꾸만 한 모금 더 원하게 되는 맛.
쓰다가도 달고, 달다가도 쓰지만
결국은 중독된다.

위험한 걸 알면서도
오히려 더 달콤했다.

혼자인 건 분명 평온이지만
어떤 이와 함께 낭비하는 시간은
이상하게 더없이 행복하다.
피곤해도 그
순간이 좋다.

그랬기를 바랐다.
내 마음이 닿았다면.

그래서 나는 여전히
시간이 내게 남긴 결들을 이렇게 기록해 둔다.
달콤했던 시절도,
쓴맛을 아는 지금도.

살아가다 보면 이따금
내 안의 순수한 감성을 건드리는 사람이 나타날 때가 있다.
그런 순간은, 노력해도 쉽게 흘려버릴 수 없다.

과거의 글들을 차분히 읽다 보니
아스라한 기억들이 스쳐 지나갔다.
그 기억들은 와인 한 모금에 아름답게 포장되었다.

모든 것이 다 괜찮게만 느껴졌다.
인생이란 원래 이렇게 단맛과 쓴맛을 조금씩 섞어
마시는 일 같으니까.

16

숨 쉬는
것마저 ──
편안해지는
관계 ───

가끔 그런 생각을 한다.
꼭 많은 말을 주고받지 않아도
마음을 알 것 같은 사람.

굳이 설명하지 않아도
내 기분을 읽어주는 사람.

뭐든 다 말로 해야 이해받을 수 있는 관계는
처음엔 아름다운 노력처럼 보이지만
시간이 지나면 서서히 지친다.

그러다 보면
어느새 말하는 것조차 힘들어진다.

가끔은 그런 사람이 필요하다.
말하지 않아도,
굳이 애쓰지 않아도,
조용히 옆에 있어 줄 사람.

그런 사람 옆에서는
왠지 모르게
숨 쉬는 것마저 편안해진다.

PART 2

일상의 회복

상실의 끝에서
다시,
평범함을 배워간다

리드줄
너머의 ── 평온

해 질 무렵
강아지와 천천히 골목을 걷는다.
바람이 불고,
강아지는 코를 킁킁거리며
세상의 모든 냄새를 기억하려는 듯하다.

그런 강아지를 보니
괜히 마음이 가라앉는다.

같은 길, 같은 시간인데도
강아지에겐 오늘이 처음인 것처럼 보인다.
그게 참 부럽기도 하고,
닮고 싶기도 했다.

하루의 끝이 조용히 정리되는 느낌.
리드줄 너머로
각자의 속도로 걷는 평온을 배운다.

사람 사이에서도
그런 여유가 가능하면 좋겠다고
생각했다.

18

버스 창밖에
────── 여전히

지나가는 것들 ─

버스 창가에 앉았다.
창밖 풍경이 흘러가는데
어제 본 건물도, 매일 보던 가게도
오늘은 조금 낯설게 느껴졌다.

늘 그 자리에 있던 것들이었는데,
내 마음이 조금 다르면
풍경도 낯설어지는구나 싶었다.

잠깐 멈춰 서 있던 신호등 앞,

유치원생 둘이 손잡고 길을 건너는 모습이 보였다.

그 조그마한 손 사이에도

어떤 약속 같은 게 보이는 것 같았다.

창밖은 계속 움직였고

나는 괜히 마음이 조용해졌다.

오늘 하루도 그렇게

지나갈 것 같아서.

물의

—— 기억

물처럼 생각을 흘려보내고 싶었지만,
고인 물에도 나름의 아름다움이 있었다.

어떤 물고기에게는
그곳이 세상에 단 하나뿐인
숨 쉴 수 있는 공간이었으니까.

113

아직,

─────────────

익숙하지 않다

어른이 되면 괜찮아질 줄 알았는데
아직도 나는 어색한 순간이 많다.

말하자면
관심 없는 사람들과의 다정한 식사,
회식 자리에서 분위기를 띄워야 하는 건배사,
엘리베이터 문이 닫힌 공간에서의 서로의 침묵,
단체 사진을 찍을 때 지나가는 사람에게 부탁해야 할
그 짧은 순간조차도-

어쩐지 약간은 쑥스럽다.

나는 어른이 되면
다 자연스러워질 줄 알았다.
그런데 아직도
세상에 완벽히 익숙해지지 못한 채
조금은 엉성하게 살아가는 중이다.

하지만
그게 꼭 나쁜 것 같진 않다.
조금은 어설픈 사람이
오히려 더 오래 마음에 남기도 하니까.

어색했던 순간들까지
시간이 지나면 괜스레 정情이 붙기도 하니까.

21

지하철에서
넘어진 ─────
여자

지하철에서 넘어졌다.
정확히 말하면, 혼잡한 열차 안에서 서서 가던 중에
어떤 힘에 밀려 중심을 잃고 옆으로 풀썩-.

아무도 도와주지 않았다.
힐끔 보는 시선들이 느껴졌다.
누가 밀었는지도 모르겠고, 잠깐 어안이 벙벙했지만
결국 나 혼자 툭툭 털고 일어났다.
그리고 좀⋯ 멋졌다.

예전 같았으면 분명 창피해서 바로는 못 일어났을 거다.
적어도 고개 정도는 떨구었겠지.
부끄러움이 아픈 것보다 컸던 시절이 있었다.

그땐 내 체면이, 남들의 시선이 더 중요했으니까.

그런데 요즘은 좀 다르다.
나를 웃기는 게 먼저고,
나를 다독이는 게 더 중하다.

당당함은 누가 치켜세워 주는 게 아니라
내 안에서 나오는 거니까.
넘어졌다고 당당함까지 고꾸라질 필요는 없잖아?

나는 가끔 혼자 넘어진다.
마음으로든, 실제로든.
그래도 괜찮다.
혼자 일어나는 것도 이제는 제법 익숙해졌고
그런 나 자신이… 조금 사람스럽기도 하니까.

22

흑역사는
   —— 두 달쯤
묵혀야
   —— 맛이 난다

나는 아직 어수룩해서,
진심이 한 움큼 들어가면 어색한 기운이 깃든다.
이불킥을 할 것 같아 망설일 법한 일도
미련이 더 클 것 같으면
열 번은 더 생각한 후 일단 저지르고 본다.

대범하진 못해도 얼굴에 철판은 또 잘 깔아서
이불킥이 뭐야, 천장킥도 여러 번 했을걸.

그러다 보니 알게 된 게 있다.
진짜 발가락 오그라드는 기억일수록
시간이 지나면
'아, 나 그땐 진짜 귀여웠다'-

이런 말도 안 되는 회고를 하게 된다.

그러니까 심장이 괜히 요란해지고
얼굴이 발개지는 일이 펼쳐진다면,
지금은 그냥 묻자.

흑역사는 바로 꺼내면 2차 오그라듦이지만
두 달쯤 숙성하면 웃긴 에피소드니까.

오늘은 그냥 조용히 누워있다가
다리 한 번 쭉 펴고,
"그래도 난 귀여운 실수 정도는 할 자격 있는 사람이지"
하고, 넘어가자.

23

'쉼'이라는

—

말

누군가는 그걸 도망이라 부를지도 모른다.
한참을 달려오다 멈춰 선 사람에게
왜 이제 와서 멈추느냐고 묻는 이들도 있다.

그럴 때면 나는 잠시 조용해진다.
말을 아끼는 게 아니라,
굳이 증명하지 않아도 되는 순간들이
이제는 더 소중해졌기 때문이다.

한때는 늘 무언가를 해야만 나인 줄 알았다.
누군가에게 필요한 사람이 되길 바랐고,
무언가를 해내야 괜찮은 사람이라고 믿었다.
그래서 쉰다는 건

어딘가에서 자리를 비우는 일 같았다.
누군가의 기억에서
무언가의 흐름에서
조용히 나 혼자 탈락하는 것처럼 느껴지곤 했다.

그런데, 이상하다.
정작 아무것도 하지 않을 때
나는 오히려 제일 나다운 얼굴을 마주한다.

스스로를 증명하지 않아도 되는 오후,
누구의 기대도 신경 쓰지 않는 밤.
쓸데없이 길어진 생각을 접고
마음 한쪽이 조용히 비워지는 그 순간-

그제야 비로소 내가 내 편 같아진다.

'쉼'이라는 말은
포기가 아닌 회복이고,
내 의식이 내 쪽으로 조용히 되돌아오는 일이다.

나는 요즘 그걸 조금씩 배우고 있다.
휴식은 세상으로부터 도망치는 시간이 아니라
원래의 나로 되살아나는 과정이라는 걸.

그리고 그걸 아는 사람만이
진짜로, 누군가의 곁에 있어 줄 수 있다는 것도.

#24

많이
애썼어 ———

어제는 일찍 잠들었고
오늘은 제시간에 일어났다.

누가 시킨 것도 아닌데
밥은 제때 챙겨 먹었고,
회사에서는 최대한 표정 관리했다.

괜한 말은 줄였고,
사소한 기분 상하는 일은
대충 넘겼다. 예전 같으면 종일 신경 쓰였을 일도.

정해둔 일정을 하나씩 지우고,
집에 와서 강아지 밥을 주고,

씻고 나니 벌써 하루가 다 지나 있었다.

누가 내 하루를 들여다본다면
아마 '별일 없었네'라고 말하겠지만
나는 알고 있다.
그 안에
말없이 지나친 일들과
티 나지 않게 다잡은 감정이 있었다는 걸.

그래서 그냥,

이 말 하나쯤은 해도 되지 않을까 싶었다.

많이 애썼어.

아무 일 없던 하루를

무너지지 않고 잘 지나온 나에게.

25

그 말을
건넬 수 있어
—— 고마워

"하늘만큼 땅만큼 사랑해."

유치원생 시절, 처음 그 말을 들었을 땐
그것이 세상에서 가장 거대한 사랑의 단위 같았다.
말의 크기만큼 마음도 커지는 것 같았고,
그 말을 들으면 이유 없이 기분이 좋아졌다.

대학생이 되었을 무렵엔
"태어나줘서 고마워"라는 말이 유행처럼 번졌다.
처음엔 참 예쁜 마음이라 생각했다.
그 사람의 존재 자체를 사랑한다는 뜻이자
내 곁에 있어 줘서 고맙다는 다정한 고백이었으니까.

하지만 그 말이 많은 사람의 입에 오르내리다 보니
어느 순간 조금은 뻔하게 느껴지기도 했다.
너무 익숙해진 말은
가끔 진심의 결을 흐릴 때도 있으니까.

그래도 여전히 그 말을 들으면 마음이 말랑해진다.
내가 사랑하는 사람이 전한 마음인데, 그저 좋을 수밖에.
아직도 가끔은
그 말이 문득 듣고 싶을 때가 있다.

몇 해 전엔 영화 어벤져스의 대사 중
"I love you three thousand"가 유행처럼 퍼졌다.
"삼천만큼 사랑해"-.
그 문장은 짧은 순간에 강렬한 인상을 남겼지만,
오래 머물진 못했다.
그저 스쳐 지나간 말이 되었다.

언어에는 유행이 있다.

사람들은 늘 사랑을 표현할 새로운 말을 찾아낸다.
같은 마음을 더 신선하고
세련되게,
조금은 더 진심처럼 보이도록 말하고 싶어서.

요즘 나는 글을 자주 쓴다.
그래서일까, 언어에 대한 고민을 많이 하게 된다.

그리고 알게 되었다.
사실 정말 어려운 건-
'지금 내가 정확히 어떤 감정을 느끼고 있는지'를
스스로 알아차리는 일이라는 것을.

슬픈 건지, 서운한 건지, 서글픈 건지.
설레는 건지, 기대되는 건지,
아니면
그저 익숙해진 마음이 풀리는 건지.

그 감정의 결을 정확히 알아채는 게 가장 어렵다.
하지만, 그걸 딱 알아내는 순간-
그 온도에 맞는 말을 찾는 일이
참 기분 좋은 일이라는 것도 알게 되었다.

그 말은 나를 위로해 주고,
내 감정을 대신 건네주고,
내가 나를 이해하도록 만들어 준다.

나는 요즘
'내가 어떤 감정을 느끼는 사람인지'를
매일 조금씩 더 잘 알아가고 있다.

어쩌면 글을 쓴다는 건
예쁜 단어를 찾는 일이 아니라,
그 단어 안에 진짜 나의 마음이 들어 있는지를
확인하는 일인지도 모른다.

지금 내 마음을 알아차리고
그 마음에 맞는 언어를 찾을 수 있다는 것.
그리고 그 말을
누군가에게 조심스레 건넬 수 있다는 것.

그게 참 고맙고, 기쁘다.
그건 이해받고 싶은 마음의 시작이자
사랑하고 있다는 증거이기도 하니까.

오늘도 그렇게,
나는 나를 조금 더 알아간다.

그러다 보면 평범한 내 일상에도
조금씩 온기가 차오른다.

26

아무 일도
없었던
—
날들

아무 일도 없었던 날이
지나고 나면 제일 오래 마음에 남는다.

늘 뭔가를 이뤄야 할 것 같은 하루들 사이에서
문득, 아무 일도 없던 날이 떠오를 때가 있다.

가끔은 그런 날이 있다.
별일도 없고, 별 감정도 없던 날.
아침엔 늦잠을 자고,
커피는 평소처럼 카누에 물을 타고,
점심은 회사 근처 아무 식당에서 대충 때운 날.

그땐 몰랐다.

그런 하루들이 마음의 중심을 잡아주고 있었다는 걸.

그렇게 쌓인 시간이

결국 사람을 다시 견디게 만들고,

또 앞으로 나아가게 해준다는 걸.

요즘은

크고 벅찬 일이 아니라

그냥 아무 일도 없었던 하루가 그리울 때가 있다.

아무 일도 없는 하루는
결국 마음이 회복되는 시간이었다는 걸,
가장 소중하고 귀한 것이었음을
지나고 나서야 알게 된다.

그때는 몰랐지만
그런 날들이 나를 버티게 했다는 걸
이제는 조금 알 것 같다.

27

혼자 웃긴 ── 날,

내 편이
생긴 것 같았다

그날은 괜히 혼자 웃겼다.

내가 한 말에 내가 웃고,

엉뚱한 생각 하나에 괜히 배꼽을 잡았다.

누가 보면 조금 이상한 사람 같았을지도 모르겠다.

하지만 이상하게도, 그런 내가 싫지 않았다.

예전엔 꼭 누가 내 말에 웃어줘야

그 말이 괜찮은 농담처럼 느껴졌다.

누군가가 내 하루를 함께 즐겨야 그 시간이 가치 있게

느껴졌고.

그래서 언제나 주변 반응을 기다렸다.

인정받고 싶고, 공감받고 싶고,

같이 웃고 싶었다.

하지만 요즘은 다르다.

혼자 웃긴 날, 문득 그런 생각이 들었다.

'아, 나 진짜 괜찮은 사람이다.'

아무도 없어도 나를 웃길 줄 알고

혼자인 순간에도 내 하루를 따뜻하게

만들어줄 수 있는 사람.

자기 자신과 친밀하게 잘 지내는 것이

얼마나 마음 든든한 일인지 알게 되었다.

살다 보면 그런 순간이 있다.
누군가 내 편이 되어주는 것도 좋지만,
나 자신이 내 편이 되어줄 수 있을 때-
온전한 자유를 찾은 것 같은 느낌,
그 느낌.

그러니까 요즘 나는,

조용히 웃는 나 자신이
조금씩 더 좋아지고 있다.

나를 보듬는 연습

순간을 온전히 느껴버리는 것,
사실 그게
세상을 행복하게 바라보는 사람의 시선이라는 걸 안다.

감정이 나를 이끄는 순간엔
노래를 부르거나, 시를 쓴다.

내 마음을 보듬는
나만의 방법을 찾고 있다.

조금
── 연해도
괜찮은 날

진한 날만이 좋은 건 아니더라.

나는 루틴을 지켜가는 편인데,
가끔 그 리듬이 흔들릴 때 어색하게 느껴지는 날이 있다.
오늘은 딱, 그런 날이었다.

아침에 내린 커피가 평소보다 조금 연했다.
원두를 덜 넣은 건지, 분명 같은 방법으로 내렸는데도.
평소 같으면 '아, 진했어야 하는데' 하고
괜히 입맛을 다셨을 텐데
오늘은 그 연한 맛이 이상하게 싫지 않았다.

어떤 날에는 유독 밍밍한 맛이 그날의 내 기분에
더 잘 어울릴 때가 있다.
마치 바쁜 날들 틈에서
잠깐 멈춰 창밖을 바라보는 순간처럼.

사람도 그렇다.
말이 줄어드는 날이 있고,
마음이 가벼워지는 날이 있고,
감정이 묽게 느껴지는 날이 있다.

나는 그런 날의 나를 미워하지 않기로 했다.
진한 날만 좋은 건 아니니까.
때로는 조금 연해도 괜찮은 날이 있다는 걸, 이제는 안다.

한때의 나는 루틴이 깨지는 걸 두려워했다.
특히, 마음이 이미 다른 곳을 향하고 있는데도
관계를 계속 이어가고 있을 때.
그 사람이 내 하루 깊숙이 스며든 게 문제였다.
일상에 녹아든 익숙함이 너무 많아
그것들을 어떻게 분리해야 할지 몰랐다.

이별이 두려운 건 아니었다.
다만, 그 사람이 빠진 뒤 비어버릴 하루가 낯설까 봐.
그 빈자리를 어떻게 채워야 할지 몰라서였다.

그래서 '조금 더 미루면 답이 생기겠지' 하며 버텼다.
아무 문제 없다는 듯 조금씩 거리를 두어가며

천천히 흐려지는 상태로 관계를 정리하는 것이
그 사람을 위한 배려라고 믿었다.

하지만 마음 한구석에서는 알고 있었다.
이 관계는 현재형이 아니라,
'찬란했던 과거의 연애 감성'을 놓지 못해서 유지되는
추억이 이끄는 사랑이라는 걸.

돌아보면,
그건 배려라기보다
익숙한 안정감을 깨지 않으려는 마음 때문이었다.
스스로의 편안함을 지키면서
그를 위한 행동이라고 애써 포장했던-

미성숙하고,

아직은 용기가 부족했던 나였다.

연한 커피를 마시며 다시 생각한다.

관계도, 하루도,

익숙함을 미련하게 움켜쥘 필요는 없다고.

조금 연해도, 그 맛을 온전히 느낄 수 있는 날이

있으니까.

일상은 그렇게

내가 붙잡지 않아도 변해왔다.

그리고 그 수많은 변화가

지금의 나를 만들어왔다.

29

괜찮지

———

않아도 돼
— 어쩌면, 나에게 보내는 편지

가끔은 그런 생각이 든다.
누구보다 열심히 살아내는 사람이
정작
가장 외로운 사람일지도 모른다고.

말을 아끼고
늘 괜찮은 척하고
무너지지 않으려 애쓰는 사람일수록
혼자 있을 땐
숨조차 조용히 쉬는 것 같다.

혹시 너도

그런 사람일까?
'괜찮아'라고 말하면서도
사실은
그 말의 반대편을
누군가 알아봐 주길 바라는 사람.

힘들다고 말하지 않아도
말없이 옆에 있어 줄 누군가가
필요했던 순간은 없었을까.

그런 마음이 있다면
내가 너무 늦지 않았으면 좋겠다.
괜찮다는 말보다
조금 더 가까이 닿는 말로
네 마음 어딘가에
작은 쉼표 하나쯤 되어줄 수 있기를.

그러니까-

괜찮지 않아도 괜찮아.

지금은 그냥

그 자리에 조용히 머물기만 해도 좋아.

그건 어쩌면

위로의 시작일지도 몰라.

러닝머신 10분 컷

가끔 쓸데없는 데서 경쟁심이 발동한다.
오늘도 그랬다.

운동을 좀 해 보겠다고 러닝머신 위에 올랐다가,
머리를 질끈 묶고 탁탁탁 뛰는 멋진 누군가의 속도에 맞춰
버튼을 눌렀다.

처음엔 괜찮았다.
나도 이 정도는 할 수 있지, 싶었는데 –
하하, 참.
10분 만에 숨이 턱끝까지 차올랐다.
내려오자마자 물만 벌컥벌컥.

그 사람은 여전히 달리고 있었고,
나는 괜히 옆에서 스트레칭을 하는 척.

이상하게, 누군가의 속도에 자꾸 맞추고 싶어질 때가 있다.
체력은 안 따라주는데, 마음이 먼저 달려버린다.

그래도 웃겼다.
이런 날도 있으니까.

아무도 신경 쓰지 않아도
나만 신경 쓰는 순간들.

이런 게 관종끼인가 싶다가도
그런 게 또 나인지라, 웃고 넘긴다.

내일도 또, 괜히 버튼을 누를 것 같다.

세 번 넘어지고, 한 번 웃었다

오늘 스쿼시 경기 중
벽에 머리와 오른쪽 옆구리를 쾅 하고 박았다.

관객도 많았는데
너무 창피해서 한동안 일어날 수가 없었다.
그래도 어쩌겠어?
툭툭 털고 다시 일어났다.

계속 공을 치다가,
이번엔 뒤로 빠지는 스텝이 꼬여서
상대방 라켓에 내 엄지가 맞았다.

라켓은 하늘로 붕 날아갔고,
나는 아팠지만 꾹 참았다.
(부끄러움은, 더 참았다.)

다시 집중해서 경기를 이어 나갔는데
이번에는 앞으로 달려가다가
내 속도를 이기지 못하고 무릎 꿇었다.

바지는 찢어지고,
무릎은 얼얼하고,
마음은 너덜너덜했다.

/승도 못 하고
한 경기에 세 번 부상.
정말 이상한 기록을 세웠다.

그런데 웃긴 건,
덕분에 뒤풀이 때
모두가 나를 알아봤다는 거다.

"아, 그 무릎 꿇은 사람?"

"벽에 박은 사람?"

"라켓 날린 사람?"

덕분에,

나는 하루 만에

내 편이 왕창 생겼다.

아프고 부끄러웠지만,

결국은

마음 따뜻한 하루였다.

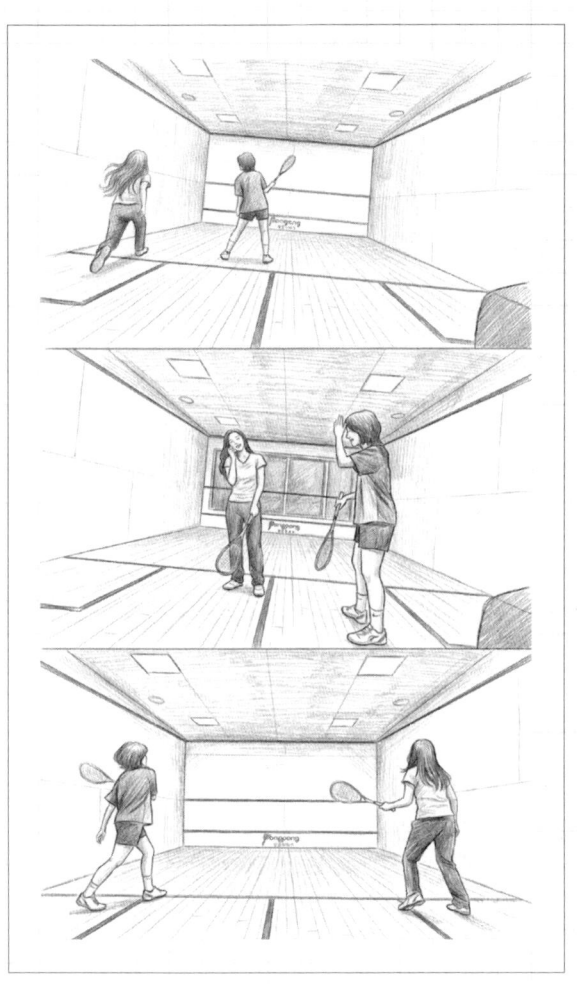

시
표

치명적인 엉덩이

우리 강아지는
기분이 정말 좋을 때,
꼬리만 흔들지 않는다.

나는 그걸 볼 때마다
괜히 피식 웃는다.

"우리 강아지, 오늘은 엉덩이가 춤을 추네."

멀리서 보면,
몸 뒤쪽이 둥실둥실
춤을 추는 것처럼 보인다.

진짜 신난 날은
꼬리가 아니라
엉덩이부터 신난다는 걸

내 강아지가 알려준다.

아무것도 특별한 일은 없는데
문득, 기분 좋은 하루가 된다.

PART 3

다
시,
나

사랑을 지나
나에게로
돌아오는 시간

#30

그저, ——

버티기 위한

———————

마음 하나로

작년 겨울쯤이었을까,

그땐 마음이 참 어수선했다.

내 속 깊은 얘기를 누구에게 다 털어놓기도 애매한

상황이었고

그냥저냥 그 상황 자체를 좋게 해석해 가며 살아왔다.

올해 봄이었다.

뭔가에 집중하지 않으면 무너질 것 같은 마음에

충동처럼 시험을 하나 접수했다.

그게 뭐든, 그때의 나에게는

'이 감정을 벗어나기 위해 애쓰고 있다'는

스스로에 대한 믿음이 필요했으니까.

별 기대도, 큰 의미도 없었다.
그저 하루하루 벼랑 끝을 걷듯
강의를 보고, 요약을 적고, 문제를 풀어나가며
조용히 버티는 시간이었다.
그러다 잡생각이 많아지면 글도 쓰고, 노래도 불렀다.
그 시기 유난히도 블로그에 글이 많이 쌓인 걸 보면,
어쩌면 공부보다는 감성 털기에 더 집중했던
마음 바쁜 시기였던 것 같기도 하다.

그게 전부였다.
그리고 시간이 흘러,
생각지도 못한 성적표가 도착했다.

… 붙었다.

합격 사실보다 더 놀라웠던 건
'그래도 그 시간 동안 나는 나를 지켜냈구나'
라는 마음이었다.

누구는 '운이 좋았다'고 말할지도 모르고,

어쩌면 정말 그럴 수도 있다.

하지만 내게는

몇 달의 그 기간이

참 절실했다.

무언가를 성취해서가 아니라,

그때의 내가 나를 놓지 않으려 애썼다는 게

조금 대견하게 느껴졌다.

그건 단지 '합격'이란 말로는 설명할 수 없는,

내가 나답게 살고 싶어서 애썼던 흔적이자

조용한 감정의 기록이었다.

그래서 오늘은,

조금 웃어도 될 것 같아서

이 글을 남긴다.

언제나처럼
너무 잘 해내지 않아도 괜찮다.
가끔은 그저
살아내는 것 자체가 충분한 의미가 될 수 있다.

내가 나를 토닥거리며 잘 버텨온 태도 그 자체가
이미 충분히 잘한 거니까.

31

— 이상향을
　　　그리다 보면
　　왜지 —
　　　　아련해진다

사람은 누구나 한 번쯤

닮고 싶은 얼굴 하나쯤은 가슴 어딘가에 그려둔 채 살아간다.

어릴 적의 나는

세상의 어떤 어른들은 유독 눈빛이 생기있게

살아있단 생각을 했고,

조금 자라서는

내가 그런 어른이 되길 바랐다.

그 믿음은 내 삶을 흔들리지 않게 해준 어떤 마음이었다.

나는 회사에서 진심으로 아끼는 후배가 생길 때면

종종 이런 말을 건넨다.

"목표보다 중요한 건 기준이야.

목표는 변할 수 있지만, 기준이 흔들리면
방향을 잃어버리거든."

사실 그 말은 몇 년 전,
평소 존경하던 한 분이
무심히 내게 건넨 문장이었다.

"인생의 방황은 목표를 잃어서가 아니라,
기준을 잃어서 시작되는 거야.
너의 삶 속에서 그걸 찾아봐."
그저 스쳐 지나가는 대화였는데,
이상하게 평생 마음에 남는 문장이 되었다.

하루는 평소처럼 올림픽대로를 타고 운전해서
출근하는 길이었다.
어둠이 걷히고 서서히 노랗게 변해가는 새벽하늘을
바라보다가
문득, 그 사람이 떠올랐다.
그날따라 그 문장이 종일 머릿속을 맴돌았다.
나는 과연 지금,
내가 세웠던 기준을 잘 지키며 살고 있을까.

그러고 보면
나는 꽤 오랫동안 '이상향'을 향해 걸어온 것 같다.
성숙한 어른의 모습,
흔들리지 않는 중심,

그리고 어떤 상황에서도 스스로를 지킬 수 있는 사람.
그런 어른이 되길 바라왔고
지금도 여전히 그 방향을 향해 가고 있다.

하지만 요즘은 이런 생각이 든다.
이상이 너무 높다는 것은
내가 내 삶을 오히려 행복에서 멀어지게 세팅해 놓은 게
아닐까.

현실에 안주하지 않으면서도
도달할 수 없는 이상을 좇지 않는 것.
어쩌면
그 중간의 온도를 찾아가는 일이야말로
'성숙'이라는 이름의 과정일지도 모른다.

나는 이제 '닿을 수 있을 만큼의 거리'에서
내 꿈을 바라보려 한다.

이상은 여전히 멀고
현실은 아직도 부족하지만,
그 간격을 인정하면서도 줄여나가려는 지금의 내가
조금은 괜찮은 사람인 것 같다는 생각도 든다.

성장이란 것은, 완성된 결과가 아니라
이상과 현실의 아련한 간극을 품은 채로
조용히 걸어가는 것임을
이제야 가슴으로 받아들이게 되었다.

32

걸을 때마다
　　 ― 다른
생각을 ―― 한다

같은 길 위에서
걸을 때마다 다른 생각을 한다.

어제는 '이 길 끝나면 뭐 먹지?'였고
오늘은 '이 길 끝에 누군가가 있었으면 좋겠다'하는 생각.

그러다 문득,
'길'이라는 건 방향보다
그때의 내 마음이 더 중요한 것 같다는 생각이 들었다.

같은 풍경이 다르게 보이는 날이 있고,
아무것도 달라진 게 없는데
내가 달라진 날도 있다.

어쩌면 그게
어른이 되어간다는 뜻일지도.

조금은
더 ——
내 멋대로

오늘은 평소보다 한 걸음 느리게 걷고 있었다.
바람이 생각보다 선선해서 한 모퉁이쯤
더 걸어보고 싶었다.

길 끝에서 문득 떠오른 장면이 있었다.
별것 아닌 대화였는데, 그날은 왜 그렇게
마음이 분주했을까.
차마 말을 다 못해서 꾹 눌러 담았던 순간.

그날의 기억을 여러 번 돌려보다가
'그때 조금만 더 내 멋대로 해 볼걸' 이란 생각이
오늘따라 오래 머물렀다.

결국 그런 순간들이 모이고, 또 모여
지금의 내가 되었겠지만.

34

나는
　빠르게 ―
살고
　― 싶지 않다

무언가를 이루는 것보다
어떤 리듬으로 살아가는지가 더 중요하게 느껴질 때가 있다.
요즘은 그 속도가
나만의 호흡처럼 느껴진다.

세상은 늘 재촉한다.
빨리 결정하고, 빨리 잊으라고.
그래서 더 빨리, 다음으로 나아가라 한다.

하지만 마음이라는 건
늘 그렇게 단숨에 움직여 주진 않는다.
나는 오히려 느리게 가고 싶다.

내 감정의 민낯과 솔직하게 발걸음을 맞추고 싶어서.

살다 보니 그랬다.
조급하게 내린 결정은 늘 어딘가 어긋났고,
급하게 뱉은 말은 생각보다 깊은 자리에 상처를 남겼다.

나는 느린 사람이 아니다.
할 일을 미루지도 않고, 게으른 편도 아니다.
단지 감정을 서두르지 않을 뿐이다.

내 마음이 아직 머물러 있다면
조금 더 기다리고,
아직 정리되지 않았다면
무리해서 다음으로 넘어가지 않는다.

그렇다고 모든 마음을 붙잡는 것도 아니다.
지키고 싶은 마음엔 시간을 들이지만,
농도 얕은 감정에는 마음을 오래 두지 않는다.

그것은 스스로에 대한 존중이자
나와 관계 맺는 사람들에 대한 예의인지도 모른다.

며칠 전, 한 친구가 물었다.
"그렇게 시간을 흘려보내는 게 아깝지 않냐"고.

그 말에 잠시 멈춰 섰다.
속도보다 방향이 더 중요하다는 걸,
빠를수록 더 쉽게 길을 잃는다는 걸 -
사는 동안 몇 번이나 겪어봤던 터라.

어쩌면 나를 천천히 들여다볼 줄 아는 사람만이
타인을 제대로 만날 수 있는 건지도 모른다.

나는 나만의 리듬으로 살아간다.
조급하지 않지만, 멈춰 있는 것도 아니다.
그 속도 안에서 나를 지키고
내 마음의 방향을 조율해 가는 중이다.

나는 느린 게 아니라

묵묵한 걸음이었을 뿐이라는 것을,

이제야 조금 알 것도 같다.

35

감성과 ──
이성 사이,
── 그 미묘한
균형의 예술

새해 첫 목표를 찾았다.
이성과 감성을 자유롭게 오갈 수 있는 사람이 되는 것.

필요할 땐 차분히 판단하고,
때로는 마음이 시키는 대로 느낄 줄 아는 사람.
두 감각이 서로의 결을 보완해 주는 삶을 살고 싶다.

이성은 잘 정돈된 책장 같다.
모든 것이 제자리에 있고, 질서와 논리가 세상을 움직인다.
그 안에서 계획을 세우고 문제를 해결하며
미래를 단단히 준비할 수 있다.
하지만 그 안에는, 늘 약간의 온기가 부족하다.

감성은 자유롭게 흐르는 강물 같다.
예측할 수 없는 방향으로 흘러가며
순간의 아름다움과 감동을 담아낸다.
그 강물은 마음을 적시고 삶에 색을 더한다.
그러나 그 자유로움은 때로 방향을 잃고,
나를 낯선 곳으로 데려가기도 한다.

나는 이 두 세계를 오가며
때로는 동시에 느끼며 살아가고 싶다.
마치 피아노의 흰 건반과 검은 건반이
서로의 대비 속에서 하나의 멜로디를 이루듯이.

이성이 길을 제시해 준다면
감성은 그 길 위의 풍경을 느끼게 한다.
둘이 함께 있을 때—
삶은 훨씬 더 입체적이고 풍요로워진다.

돌이켜 보면,

아무리 열심히 살아도 균형이 무너진 시절의 나는
그다지 반짝이지 않았다.

자기계발에 몰두할 때는 늘, 마음이 조금씩 메말라갔다.
사랑에 빠져 모든 걸 걸던 시절엔
감정의 무게에 눌려 숨이 막히곤 했다.

그런 패턴을 몇 번 겪고 난 후 깨달았다.
한쪽으로만 기울어진 삶은 결국 나를 소모 시킨다는 걸.

하루는 출근길, 신호등 앞에서 멈춰 섰다.
가로수 아래 피어난 작은 꽃이 눈에 들어왔다.

이성은 그 꽃의 이름과 계절을 알려주었고
감성은 그 아름다움에 잠시 마음을 내어주었다.
그 짧은 순간,
두 감각이 함께 살아 있는 삶의 결을 느꼈다.

또 다른 날, 친구의 고민을 듣던 중이었다.
나는 이성적으로 문제를 정리하며 조언했지만
동시에 그 마음을 조용히 어루만졌다.
그때 알았다.
이성과 감성이 함께할 때
비로소 진짜 위로가 된다는 것을.

생각의 방향과 마음의 온도가
서로를 부드럽게 지탱해 주는 순간-
이 두 감각이 동시에 살아 있을 때,
나는 그제야 나다운 안정감을 느끼게 된다.

올해의 목표는 단순한 '평형'이 아니다.
이성의 깊이를 단단하게 세우고
감성의 결을 섬세하게 다듬어,
두 세계가 조화롭게 공존하도록 만드는 것이다.

필요할 땐 냉정하게,

때로는 다정하게.

두 얼굴을 겹쳐 쓰며 살아가는 사람이 되길 바란다.

한때는 균형 잡힌 육각형의 사람이 되고 싶었다.

이제는 그 위에

이성과 감성이라는 두 축을 더 얹을 것이다.

그래서 나는 요즈음

통통한 '팔각형의 사람'을 그리며 살아간다.

이상향이 조금씩 변한다는 건
삶을 바라보는 시야가 넓어졌다는 뜻일지도 모른다.

차가운 머리와 따뜻한 마음.
그리고 그 둘이 자연스럽게 어우러지는 삶.

이 설렘이 부디 오래 가기를.

균형에 대하여

요즘의 나는
생각보다,
말보다,
조용히 머무는 시간을
더 믿는다.

깊이보다 방향,
빠름보다 균형.

한 문장으로 말하자면 –
그건 '삶을 대하는 태도'다.

36

다정한
사람은
————
조용히
단단하다

'저 사람은 참 다정해'라는 말-
예전엔 그저 듣기 좋은 칭찬으로 들렸는데
요즘은 그 말이 단단하게 느껴진다.

한때는 다정한 사람이
말을 예쁘게 하고, 먼저 챙기고,
웃는 얼굴로 다가오는 사람이라고 생각했다.

하지만 지금은 안다.
진짜 다정함은, 말보다 태도에 더 오래 남는
것이라는 걸.

예를 들어,

같이 일하는 사람이 실수했을 때

그걸 지적하면서도 존중을 지키는 사람.

약속에 늦었을 때

묻지 않아도 먼저 미안하다고 말할 줄 아는 사람.

아무도 보지 않는 곳에서도

자기 일을 흐트러뜨리지 않는 사람.

그런 사람은 흔히 '성격이 좋다'고 불리지만,

사실은 자기 마음을 다스릴 줄 아는 사람이다.

감정의 중심을 스스로 붙잡고,

사람을 쉽게 가볍게 대하지 않는다.

그건 만들어낸 인상이 아니라

삶을 대하는 태도 속에서 자연스레 배어 나오는 것이다.

나도 그런 사람이 되고 싶어졌다.
말로 다정한 사람이 아니라,
조용히 단단한 사람.
누군가가 편하게 마음을 기댈 수 있는 사람.
타인의 시선과 평판 때문이 아니라
나 스스로가 그런 어른이 되고 싶어서.

조금은 서투르고 다소 늦더라도
마음을 소중히 다루는 사람으로 남고 싶다.
그게 내가 생각하는 진짜 다정함이다.

그래서 오늘도
조용히 마음의 중심을 고른다.

P.S.
누군가의 다정함을 바라기 전에
먼저 내가 그런 사람이길.
조용히, 그러나 흔들림 없이.

37

나를 —
믿는 —
당신들에게

"엄마 아빠는 널 믿어."
유년 시절, 그 말을 들을 때마다 나는 괜히 등을 곧게 폈다.
칭찬을 들은 것 같으면서도 어딘가 시험대 위에 올라선
기분이었다.

그 당시의 내 문제는 누가 대신 해결해 줄 수도 없고
어차피 내가 감당해야 할 것들뿐이었다.
그래서 그 말은 위로라기보다는 지켜야 할 약속처럼 들렸고,
따뜻한 관심과 다정한 시선은 때론
다소 버겁게 느껴지기도 했다.

가족들의 지지는 이따금 부담스러웠고
나를 응원해 줄수록 오히려 움츠러든 적도 있었다.

하지만 아이러니하게도
나는 오빠에게 같은 말을 자주 했다.

"난 오빠를 믿어."

그건 그를 향한 응원이었지만
어쩌면 나를 안심시키기 위한 주문이기도 했다.
내가 그의 편이라는 사실,
그의 세계에서 내가 작은 힘이 된다는 확신.

오빠가 "고마워"라고 답해주는 순간마다
내 마음 어딘가가 몽글하게 풀어졌다.

지금 생각해 보면,
'믿는다'는 말은 결과에 대한 예측이 아니라
과정을 받아들이는 마음이었다.

당신이 잘될 것이라는 장담이 아니었다.
넘어지지 않기를 바라면서도,
잘되지 않더라도
여전히 같은 자리에 서 있겠다는 뜻에 가까웠다.

당신이 어떤 선택을 하든
같은 방향을 바라보겠다는 것,
넘어지더라도 그 길을 함께 걸어가겠다는
마음이었다.

이제는 안다.

'믿는다'는 건 누군가를 떠미는 일이 아니라,

곁에 서는 태도에 가까운 말이었다.

"괜찮아, 나는 네 편이야."

그 말을 다른 방식으로 부르면 아마 이렇게 될 것이다.

"나는 너를 믿어."

– 그 말의 의미를 알아차리는 데 참 오래도 걸렸다.

나를 믿는 당신들을 믿는다.

그 믿음이 부끄럽지 않도록

오래 남는 사람이 되고 싶다.

38

붙잡지 않아도

——

머무는
마음 ——

가끔은 관계에 대해 생각한다.

어떤 때에는, 최근의 내 근황을 잘 아는 사람보다도
가끔 연락하는 누군가가
더 진짜 내 사람 같다는 생각이 들 때가 있다.
그런 친구를 떠올려 보면
멀리 있어도 마음이 닿는 사람이 있다는 걸 새삼 느끼게 된다.

요즘, 그런 사람이 그리운 날들이다.
어쩌면 정말 가까운 사람은
침묵을 알아듣는 사람일지도 모르겠다.

한동안 소식이 없었어도 관계가 끝난 건 아니다.

때로는 그 거리 안에
오히려 더 깊은 마음이 머물기도 한다.

이제 와 생각해 보면,
진짜 내 사람은 늘 곁에 있는 사람이 아니라
멀리 있어도 그 마음을 믿을 수 있는 사람이더라.

연락이 뜸해도 서운하지 않고,
가끔 삐걱거려도
서로가 돌아올 자리를 아는 사람.

함께 있을 땐 말이 없어도 편하고,
떨어져 있을 땐
그 사람의 평온을 바랄 수 있는 그런 사이.

가까운 사이일수록
우리는 더 가볍게, 더 편하게 대해도 괜찮다고 착각한다.
가장 가까운 사람에게야 말로

가장 깊은 예의를 품어야 한다는 걸
알면서도, 참 쉽게 잊는다.

괜찮은 척하지 않아도 괜찮고
좋은 사람으로 보이려 애쓰지 않아도 되는 사람.
가끔은 오해하고, 실망해도,
결국 다시 손을 잡게 되는 사람.

나에게도 그런 사람이 몇 명 있다.
그리고 나도 누군가에게 그런 사람이길 바란다.

잊히지 않는 사람은
늘 마음 한편에 조용히 남는다.

그 속을 가만히 들여다보면
붙잡지 않아도 머무는 마음이 있다,
소리치지 않아도 닿는 마음이.

나는 오늘도 내 사람들을 떠올리며
따뜻한 미소를 머금었다.
떨어지는 벚꽃 속에서
괜스레 마음이 센티 해지는 날이었다.

아픈 만큼 마음의 그릇이 넓어진다는 말이 있다.
그 문장은 오랫동안 내게 약처럼 작용했다.

마음이 흔들리고, 사람에게 상처받을 때마다,
'나는 도대체 얼마나 넓고 깊은 어른이 되려는 걸까.'
그런 생각을 자주 했다.

새로운 경험들은 삼킬 때마다 썼지만,
시간이 지나면 언제나 내 안을 따뜻하게 데워주었다.

그간의 당신들은 내 기억이었고,
내 양분이었으며,
내 사랑의 기준이 되었다.

이제는 진짜 내 사람에게

사랑을 아름답게, 담백하게 건네고 싶다.
그 사람이 받을 수 있는 만큼의
적정한 깊이와 기분 좋은 온도로-
진솔하되, 그 감정의 원형이
편안한 마음으로 닿기를 바라면서.

그렇게 조용히,
어딘가에 있을 내 사람에게 마음을 보낸다.

내가 지나온 시간들은
결국 너에게 닿기 위한 여정이었음을
이제는 안다.

세상은 여전히 나를 설레게 한다.
다만, 나는 이제 그 이유를 안다.

그 모든 시작은
결국 나로부터였다는 것을.

한 시절의 온도를 지나오며
조금은 단단해지고, 조금은 부드러워졌다.
그 시간의 결을 조용히 담아
당신에게 건넨다.

나는 여전히 배우는 중이다.
삶에게도, 사랑에게도.
그리고 그 배움이
나를 더 좋은 사람으로 남기를 바라며-

오늘도, 그렇게 살아가고 있다.

흔들려도 나답게

초판 1쇄 인쇄   2026년 04월 09일

초판 1쇄 발행   2026년 04월 17일

지은이   이 한

펴낸이   김양수

책임편집   이정은

교정교열   연유나

펴낸곳   휴앤스토리

            출판등록   제2016-000014

            주소   경기도 고양시 일산서구 중앙로 1456 서현프라자 604호

            전화   031) 906-5006

            팩스   031) 906-5079

            홈페이지   www.booksam.kr

            이메일   okbook1234@naver.com

            블로그   blog.naver.com/okbook1234

            페이스북   facebook.com/booksam.kr

            인스타그램   @okbook_

ISBN   979-11-93857-38-0 (03800)